目次

Ⅰ　はるかな実験室

seventh ore

七番目の鉱石

颯木あやこ ayako satsuki

Ⅲ　涯のピアノ

装幀＝北澤眞人

降りそそぐ菩提樹《リンデンバウム》の花びらを振り切って
ただ祝福の変容のために

I　はるかな実験室

雨だれ

黒豹だ

きっと雌だ

いま　屋根に爪先で着地した
ひとあし　ひとあし歩き回り
（大きく育ったマグノリアの花を貪り）
天井の下　わたしは
毛布をかぶり直し

その　爪の先端から放たれる
ぬれぬれとした光から　身を守る
身を

黒豹
　窓を
　　かすめ

爪の光に穿たれて
全身　孔だらけ　灰色の蜜　噴き出し
寝床に染みだけ残して
消え去ってもよい
こんな夜に

わたしの幻影が
月にさえ背を向けて

道のカーヴの奥行きへ
吸いこまれてゆくのを見た　と
青に近いほど白い影だった　と

ひとり　蟋蟀のような男が
秋に呟いてくれればそれでよいのに

黒豹は
土砂降り
捨て子となって
流れてゆく

音の梯子

騎士のように迷いなく
まっすぐな道を駆けてくる狼が
横たわる私の　見開いた瞳
硝子体を破って
棄てがたく　奪っていく

いくつもの酒壜の栓が跳ね飛んだ
点滴瓶に満ちる銀河が
透きとおった管をくねらせ
噴き上げられて

草の代わりに床に敷きつめられた水銀は
ころころと転がって
ひとつひとつあざやかに目覚めていく

きこえる
遠くで　指が祝祭の音階を奏でた
きっと紫の鍵盤で

私より少し背丈の小さい狼を抱いて
見えない瞳や摑めない指を
香煙ほどの思い出にして

狼にやさしい物語を語りかけ
ゆるく開いた喉から
残像を取り戻したい

シーツ一枚のうすい白さは
月の光も本心も　一瞬で

けれど狼は
腕の中からすり抜け
物語から無数に生まれる星の子のように増えて
空に混ざって消えていく

届かない
この世の果ての夕暮れ　紫の鍵盤で
ていねいに組んだ　音の梯子でも

はるかな実験室

一瞬で消える雲のすじに乗って
空を抜け
銀河のふちより生える腕に　抱かれた
（ちぎられた大地　と　それは名乗った）

刺し傷の穴から
古いことばの連なりが　呻きながら
わたしに臍の緒のように巻きつく

腕は　それでも　土の匂いがしない
わたしの肌に爪を立てれば

すぐに地層があらわになるのに
腕は　はるかな実験室でつくられた
見知らぬ金属の手触り

軌道を外れた鴉が　曇った瞳を見つけ
しきりに求愛してくる

ほんとうは
早く　腕の中から生まれ出て
黒い羽に埋もれ　ともに夜を食べたい

ひそかに渡した手紙を読みもしないで
鴉は糞をまき散らす
ひたいは　白く汚れて
蛍光灯のように光る

ペガサス

汽笛の聴こえる裏門から入れ
左手首に刻まれた鍵穴を探って

闇しか映さない鏡
喉元にこみ上げる　（ぬばたま）

床に染みついているはずの木漏れ日を
ひろい集めようとする私の指先は
痛む耳に雪をあてがう子どもの手

かじかんでいる

凍えて　やがて腐り落ちてしまう指の肉は
はりめぐらされた血管から
近づく跫に似た
脈の連打をたしかめて
夜の壁を這う
ぬり込められた　かつて窓があった方向へ

真昼にも夕暮れにも
ペガサスが視えるんだ

あの人は　私のために
こんなに寒くて狭い部屋を造ったきり
遠くで眠っているから
醒めたままの私は

砂漠の町の言葉で呟きつづけるほかはない
うなされた猫たちの和音に乗せて

呟きはしだいに鋭いくちばしとなり
穿ち　穿たれ　穿ち

指が窓を探し当てるとき
暁が崩れ堕ちて
腐りはじめた指先に絡みつくのを
あの人は知らない

汽笛は朝霧の向こうで
しきりに鳴っている

息もできない朝に

おし寄せる雲は硝子を割り
蒼空が吐瀉物のように部屋になだれこむ
息もできない朝

わたしの魂の下半分は　舟
はかなくなる意識で漕ぎ出でると
待ち伏せている黒い海の広がり

飛び魚が跳ねてぶつかる
海から張り手を受けたように

なえる
待っているのは海で
わたしは解き放たれているはずなのに

とおく
みだれた心に似た窓の割れ目から
中を覗けば
空と雲に取り巻かれて
上昇していく
風ばかり吹き渡った　そんな体を
空は欲しい

海との永い同棲から逃れて
乾いた女の骸に
かえって安らぐのだ

息のできない朝は
海や空の
強引なふるまいに
ゆだねてしまいそうで

待つ夜

膣のほとりに　ひとりの修道女が泣いていて
うすいくちびるから
蜘蛛の糸を吐きだしている

織り成された巣は　影のようにくぼみを覆う

小石を投げてくる少年がいて
巣をたわませ

深夜ラジオから流れる途切れがちな声が

かすかに震わせる

黄色い月から差しだされる
つや消しの指が
修道女を掬い上げ
しなやかに巣を破るまで

わたしの膣の深くでは
草の芽が　ひっそりと
空とはどんな色だろうかと夢想している

鴉男

その男が来る　また来る
半地下の苔むした壁ぎわ
私たちは差し向かいに座る

男は細面で
私の瞳を見つめて話そうと
銀縁の眼鏡ばかり光らせていて
その反射光に疲れ果てるのか
逢った後は必ずの鬱——

ふたりの吐息と
男がくゆらす煙草の煙だけが
空気を震わせている

私も肉になりつつあり
彼を呼び寄せたのかもしれない

舌のとろけるような腐臭が
魂の中心から広がって
おびただしい言葉が白紙を染めてゆくのを
彼は見届けたくて隣町からやってくる

額からいつも一本の黒い羽根が生えていて
一度だけ抜いて　貰った
鼻の下をくすぐると
七色の彗星が降ってくるので

逢うたびに私はそれをせがむようになった
けれど　腐臭が芳香に変わってしまうから
と　それきり

私は　言葉を繰り出すために
瀕死の沢蟹をたくさん吐いて
なま温かくなった部屋の中で
細胞が毀れてゆく音を聴いている

さよ

夜に　卵ひとつ
ずれる
ゆっくり
テーブルの上で

つややかなまるみは
初夏《はつなつ》の少年のひたい
水滴に打たれる

螺旋を下りて

いっそう透きとおった
水を受ける

でも　卵は
ずれていってしまう
〈もっとも愛される位置とは何処か〉
螺旋は　脆くなったわたしの背骨

水は
背骨を　損ないながら
注がれつづけ

打撲痕

月を凝視する

トツ　トツ　トツ
穿たれ
冷たいバターの滴り

私は受胎する
なめらかな肌が光る麵麭
ふっくらとした娘を

曲線が子宮を踊らせ
広がっていく温かな波

新月の闇
私は香ばしい汗を浮かべ
丘の上の石板に横たわる

一夜に　五つの季節が廻り

霜が降りる
胎の内に　びっしりと

鳴き兎の群れが　走る

打撲痕が滲む
とおい夜明けの兆し

千鳥の線

夏　血潮は掃けて
この腕に太陽の果汁が脈打つ

眼はらんらんと
深い緑の中に飛び交う木霊をとらえる

ふいの落雷に
しろく燃え上がる約束
指を伸ばした先は
煙に遮られたあなたの貌

奔る
海のぎりぎりの際まで
千鳥のように　あぶない線を描く
魂は　青白い裾を引き摺りながら
たゆたう

潮風に押し戻され
丘の御堂で午睡《ごすい》につくと
あなたの名も声も　丸天井につめたく響くから
思い出は透きとおりながら降り積もり

覚めれば　冷えた汗の
雪融け水　体を伝って

私は　すっかり
季節がわからない

黒曜石

空に鳥の決闘
掌に尖った玩具

私の内からは　溶けはじめた黒曜石が流れる
夜が明けるまで　夢魔の吐息で
たましいは　重くなっていたので

黒く煌めくひとすじの川は
いま　体温を放っている

鳥たちは湿った羽根をまき散らし
掌の玩具は汗に揉まれて歪み

＊

初夏は火照ったやわらかな肌を
しきりに向けてくるが
私は　流れることに耽っている

黒曜石の川に
病葉がいちまい落ち
煮えたぎるように運ばれていく

Ⅱ ニケ

ニケ

〝サモトラケのニケ〟は　甦り

冬木立は
果てしなく楽譜が記された
碧空をささえている
ちいさな心臓の像《かたどり》を拾えば
錬金するのではなく
火種に　と願う

ふわり　上がる
ニケのまあたらしい翼が　合図

凱旋の曲が響きはじめると

破裂

空一面は真紅

あれは　忘れ去られた者たちの血潮だろうか
天への吊り橋すら　踏みはずして

はばたきは明るく
耳を　ふさいでも　ふさいでも
凱旋のシンフォニー

私は
飛べないこの心臓から突き上げる血を
ただ　声にして

見者

（知らなかった
温かなまなざしの　誰もかれもが
霧だということ）

おそい目醒めは
瞳に洗いたての輝きを許す
はじめて見開いたとき
乙女座のとなりで噴き上げていた夜の泉
そのしぶきで清められた

わたしを勇気づけるのは
たくさんの交響曲が眠る夜空と　光と水の証言

この瞳で
太陽が降らす羽根さえ
直視できる

網膜の上で
羽根は歌となって流れ出す

わたしもまた　水面を這う霧に変わるとき
うつくしい幻聴が
後ろ向きの聖母像を
一瞬ふり向かせるように

シャッフル

脈は　つねに　乱れていること
飽くことなく昇り　また沈む太陽の径へ
別れのしるしに黒いハンカチーフを渡すこと

倦んで横たわる夜には
ことばをめぐらせる代わりに
天球儀を下腹に宿らせる

透明な息を吐きながら語りつづける星座

それらを包む闇が
わたしの内にみなぎる
微温のように感じられる　見えない星のめぐりは
おだやかな誇り

約束　陰翳
その球体は
膨らみ　縮み　ゆがんで
まるで危ういリズム

脈は　つねに　はげしく乱れ打ち
太陽の径は　しだいに　はかなく

夜気に湿った地を拒み
ジャンプ　もっとジャンプ
天球全体を揺さぶると

星座はシャッフルされ　新しい空が生まれ
太陽はハンカチーフを嚙みながら　径を外れる

跳躍

影の奥で炎は燃える
眼窩ではみずうみが光る

棘だらけの太陽を背負った少年を
つららのようなまなざしで見つめる

ばあん　ばあん　太陽は少年の背中で燃え尽きる

ほの明るい部屋に
鈴生りにさがる洋梨形のガラス瓶

したたる香り高い薬液は
こおりついていた私の心臓を溶かす
静脈の果て　平原に
轟く黒雲から生まれた一頭の馬

さあ　乗って
少年の空まで跳んで

そのただれた唇から連なり出てくる証言を
星座のように空に置くのだ
日が暮れるまでに
少年がこと切れる前に

影の炎
ひかりを失った後の光
たしかに私たちを照らす光源のあることを

小石のように散らばる　敗れた者たちに
夜通し示すため

影の奥で炎は燃える
取り出して土器に生け
それがこの夜の寿ぎ

眼窩ではみずうみが光っている
昏い水を湛え
ばあん
燃えさかるものを抱いて
沈める墓として

無言歌

西を見つめる裸木には
創口がある

だれも見向きもしない告白のような
ひらいた真実がある

夕霞が行きずりに口づけしていくけれど
その裂け目の虚ろな奥行きを
やわらかな指先で確かめる者はない

痛みの底から
まっ白な蝶が　あとからあとから
無言歌のように溢れて
黄昏の中空に漂うばかりの
顔のない魂たちを取り巻く包帯となる

(夕焼けの向こうまで
歩いていけるように
西の果てに
きっとたどりつけますように)

立ち尽くすほかない一本の裸木
しみりしみり疼く内なる暗がりから
どす黒い血を流す代わりに
死に顔に照らされた

辺りを明るく染める蝶の群れを
吐きつづけて歌う

ストラクチャー

トルコ石は
ひややかに眠る音源
花瓶の奥底ふかく沈み
うつむく向日葵が呼ぶ
結晶してしまった旋律を
ほどこうとして

まどろみ
澱んで

開け放った窓から吹く　ぬるい風
しきりに呑みこみ
石を溶かし

旋律が浮いてくる
蜘蛛の巣かレース編みのような構造《ストラクチャー》に
濃い青色の　遺書の響き

掬いとるのは
耳から差し出された白銀の匙

音楽が
一瞬で干からびようとしている

艶やかな匙には
死に水のような水滴

Eの♭

そのひとは
冷たい手をしたピアニスト
鍵盤はいつも
北の方から流れつく
指先が煙って

　客よ
帰ってくれ

独りのためのソナタ
はじまる
黒鍵から
Eの♭は草の芽吹き

緑が　鍵盤のおもてに茂り
和音ひとつ　またひとつ　殖えれば
葉群れは　伸びて

ふゆの緑はまぶしすぎる
虹彩から入りこみ
体中を巡り
蘇生してしまう

根を張る土は　声にまみれ

もろく崩すと
合唱がやまない

　私は　いま　告別を——

重たい体を　土から起こし
もういちど両手を構える
（このソナタを書いた違反者はだれ？）
（Eの♭をはじめに置いたのは？）

旋律を断つ問いかけが
胸を突いて

その間にも
緑　生い茂り

鍵盤が見えなくならないうちに
早く
つぎの小節へ

Fを強打すると
火がつき

すべての緑を燃やして
氷山の鍵盤は
熱におおわれる

　客よ
帰ってくれ

接触

濃紺のゆびが　睫毛にふれるから
その影が　見えてしまう
こんなに暗いのに
月は　すうっと細いのに
輪郭は　闇が喘ぎながら産んだ蔦で囲まれ
（だから彼もつねに喘鳴を響かせ、）
影にすっかり覆われると

私は　ほどかれて
いくつもの音符になって
サラバンドを踊る

ひらきかけた白い蕾を
生き埋めにしてある　この敷地で

汗ばんだ音符を
鳥の骸が　まだ生温かい嘴でついばむ

贄は　黄泉へ

濃紺のゆびは　ふかい悲しみに染まった枝のように
凪を固め
（それが彼の発語だった、）
私の睫毛を揺らすのをやめない

私は　蘇えるのを　やめない

七番目の鉱石

磨け、今より——

氷山ひしめく部屋で
冷たく焼けていく腕や足
闇に目は冴え、

焦がし尽くした吐息　赤
明日、芽生える砦　エメラルド
絶望に裂ける蕾　紫……

七番目の鉱石は
私の前世
エデンに放火したむすめの
透きとおる瞳　トルマリン

見たか　革命の朝
痙攣するウサギの声帯のあでやかさを
ただれていく兄弟姉妹の肌の肌理を
灰となった園の草　忘れ形見の実を

囚われていたのか
苦く温かな色に深まるまで

〈ただ炎により　光と闇は溶けあい〉

まなざしは　夜ごと　凍傷を温め

つややかな腕を取り戻したら
氷山に閉ざされた　極楽鳥を呼び起こそう

永い眠りから覚めて
この肩にとまってよ
久しぶりの発声を
アルファベットから始めよう

前世のそのまた前世
極楽鳥　舞い上がり
七番目の鉱石は
闇のしずくを涙液にして
金星、、

瞬く

Ⅲ　涯のピアノ

苺踏む

苺を踏みつぶして
うす赤く染まっていく素足

リノリウムの床に　飛び散った果汁を
看護人は吐瀉物を片づけるように　手際よく
そしてわたしの喉をこじ開けて苦い粒を放りこむ

わたし　たった一度でいいから　告白がしたかったのよ
毎晩ベッドの足元に立っている
うす闇をまとった修道僧に

かたちを失った果実を証としてね

看護人はやさしい目をする

いつからここにいるのだっけ
はるか上の明かり取りからはいつも昼の月が見えるし
四六時中　ふくろうが啼くから
くらい片隅で　耳をふさぐの

どの鏡からも煙の噴きだす日
頬を上気させた女子学生たちが
はりつめたふくらはぎをむき出しにして
ぞろぞろ並んで覗きに来た
わたしの知らないシャンプーの香り漂う　((髪を揺らし
背中からあざやかな苺の実　((振りまきながら

それを拾って集めたけれど
ここにはきれいなガラスの器がない
プラスチックの冴えないお盆だけ

両手いっぱいの果実をもてあまして
やわらかな土踏まずに一瞬匿い
踏みつける

春の匂いがした

生誕地

i

炎湧く壺から
黒い太陽を掬い　揉みしだけば
手の甲をケロイドが走る
〝後悔〟の綴りは火の粉を帯びて
喉を落ちていく

膿んだ言葉の喘鳴
疾風《はやて》のような咳

白紙に赤い竜の鱗が飛び散る
いつも壺に手を吸いこまれ
溶けかかると　はじめて
自分の輪郭に気づけた

壺はわたしの心臓と双子だ

ii

鉄のコウモリが　硝子を破って
耳にぶつかり　視界をふさぎ
油の浮いた音符が
目尻やゆがんだ唇の端や
体中の汗腺から滲みでる

すべては影と轟くノイズに呑まれ
わたしは小さく叫びながら
光る旗をふる

iii

ながいつめたい銀の通路を
金切声でわめくストレッチャーに乗せられ
愛人の骸に似た　干からびたベッドに移される

ここは　がらんどう
まっ白な卵の内側
わたしは殖えようと　身悶えする

蜘蛛のように

腕や足は数を増し
伸びていくが
ことごとく縛られてしまう

こっそり歌った

――つぎには猿ぐつわが用意されているわよ

小窓が開いて　黒目がちな天使が言う

打倒処方箋ラプソディー

薬は用法・用量を守って正しく服用しましょう

盃は
たちまち溢れる

桜桃を指先で崩して
堕ちていく果肉を含んだ薬液は
目盛りをはるかに超えている

あおれ　あおれ

鴉が叫ぶ
白鳥も　瓶に漬かる胎児たちも大合唱

生まれてきた夜の闇のために　一杯
背丈が伸びた芒の季節　仄かにほてるうなじに　二杯
粗い縄目や剃刀の鈍いかがやきや未明の砂浜の白さに　もう一杯

ふたたび　闇の迷路は荘厳で　失神

明後日　見るであろう
ま昼の空　死者たちの途切れない欠伸から放たれる
光線を讃えて　最後の数滴

盃は　空っぽになってもずしりと重い

酩酊に似た眠りの中で
歩み寄る君の影

やめて
この唇は
こんなにも　腫れて痺れているから

目配せ

メトロノームの憂鬱
ロ短調にふるえる老いた耳
（盲の犬の）

ベンジャミンの葉をもいでも
栞にするには波打ちすぎて

物語を引きずったまま
鍵盤に指を
さいごの一曲に群れ咲く

影に似た　手指を
置く女《ひと》の横顔に

とおくから
うす月が目配せしている

犬は　突然
はげしく吠えはじめる

（あれは　きっと　埠頭の倉庫で
幼い少年が買いたての鋏で切り取った
皮フの月だ）

花結び

やわらかな肌が大好き　小鳥も好き
でも抱きしめれば　爪が喰いこんで止まらない

娘「お母さん　あなたのやさしい指先は尖っている
　昔からそうだった
　だから私も突きとおしてばかりです
　父の寡黙さを受け継いだ分　ますます残酷に

体じゅうから生えでている鉄の爪を
未明に

抜いても抜いても
創口からどす黒い夜が噴きだして
すぐに一日を終わらせてしまう
四六時中　私は眠れない
スカイツリーのてっぺんで鳥を刺す
罪に満ちたピクニックの計画が　浮かんでは消える

私には薬液《リスパダール》とこわれた最新式浄水器付蛇口があるだけで
もう聖水がないのです

お母さん　せめて玻璃のコップに泉の水を注いでください
その泉のほとりで　カラマーゾフなど読んでいたのでしょう
（え？　昭和の掘り炬燵で？　嘘でしょ）

ふたりで泉を飲み干して
私たちから溢れだす荒涼で　一緒に魚になりましょう

そうすればもはや　私たちには　打つ手も繋ぐ手もない
爪もないから　鱗を剝がしあうこともありません」

母
「ちいちゃん　病院の先生の言うことも　詩の先生の言うことも
聞いちゃいけませんよ
お母さんだけを信じなさい
さあ　さっき作ったこのアサイージュースで　目も良くなって
鉄の爪なんか見えなくなるから飲みなさい
飲みなさい　さあ　飲みなさい」

娘
「飲みました　飲みました
お母さんのアサイージュースは溺れるほどに
ふたり揃いの髪飾り　花結びの古い緒も
けっして切れないではありませんか

でも強く抱きあうほどに
私とあなたのあいだに宿る
うららかに啼く鳥が　死んでゆくのをどうしましょう」

娘と母

「私たちは爪の種族
やわらかな肌を突き破って生えてくるもので
互いの眼球を　耳たぶを
古い乳房と萌えでたばかりの乳房を穿ちあう

たちまち夜が　私たちを覆い
闇の中で燃え上がる体温
火傷を怖れずさらに近寄る

ごくたまに（ほんとうに稀に）肌がふれあう瞬間がある
干からびていた哀しみが　ほんの少し溶けるのはそんなとき

優しさが詰まっているのはきっと心臓
どちらが先に奪い取るか

水の流れは遠い夢
だれか
私たちを目覚めさせて
東京郊外
紅茶の香りとモーツァルトの調べ漂う棲家で
終わらない夜に窒息して
見当はずれの高熱で　寒がっている私たちを」

母音にむかって

母音にむかって　棘を伸ばす
星砂

せらさらせり　と　今は
子音しか囁けないが
声の原生林に還りたい

産声　呻吟　嬌声　悔恨　歓び
叫び　叫び　ああ　叫びの木立

その林で目を覚まし
ひとになりたい

淋しいひとりのひととなって
コバルト・ブルーのコート着たひとと
声と肌を重ねながら
一瞬　熱い泉を噴き上げて
すぐに涸れる

星砂は死ぬことがない
すでに乾いた骸にすぎない

私は声の原生林で
ひときわ　さやかな
母音を発し
朽ち果ててもかまわない

落し子の願い
ほんとうの星になっても
その子の足跡をこの地が忘れ
私の母音を刻んだ化石が煙となるころ
その星もまた
しずかに　この世界から消えるだろう

Birth

蛇　羽ばたかせ
しずけさ　響かせ
花　瞬かせ
星　泳がせる

まだ　だれも
世界を創り終えてなどいない

うすらぐ影法師が
青い蠟細工のうなじが

出入り口
はじめの哀しみを
風にして跨り

行き来しては
生まれたてのプリズム
たくさん　運び入れ
地に播いて

夜　肥えゆき
光が滲む

ものみな　軋みあい
嚙みあう

しるべ——シルヴィア・プラスに

明日の基点は　いつも白い斜塔だ

蚊柱を四つくぐり抜けると
斜塔は見えてくる
高窓から銀の糸が垂れていて
夕風に運ばれてくる失神した魚を
釣り上げる

窓の内では　部屋の中心に
オーブンが黒い顎を開いて

意識に最後の一撃を食らわそうと
燃えている

斜塔の外壁のタイルは穏やかに冷たい
細長く伸びた影は　冬の橋のように
わたしを何処かへと導く

その場所はけっして　太陽の両眼に真向かう座ではない

盲の砂礫たちが　いっせいに顔を向けて
わたしの祈りからこぼれた星の骸の
ふつふつと泡のように消えてゆく音に　耳を傾けている
そんな場所で

涯《はたて》のピアノ

真夏の光を　撥ねつける

グランドピアノから
ふいに渡された硬い果実のような和音を
握りつぶす

音なく空をゆく飛行船に
届かない叫びを
長い長いさよならの白いテープにして
いつまでも振る

艶めいたピアノの　翼を持ち上げると
ぎっしりと張られた弦の合間から
沈黙が白煙となって立ちのぼり
鼻から耳に抜けてゆく

部屋に置かれた岩に見えても
ピアノに凭れたことはない

指先を研いで
沈黙を彫刻しなければ
調べも囀りも訪れなかった

真夏の光の中心には
瞳を灼く火箸の先があると
一番上のラ音が告げる

飛行船は無人だろう

それでも青い階を駆けて
透明な雲海を抜けて
わたしは昇ってしまう

どこまでも近くまで　♯《シャープ》となって
♯となって

あとがき

三冊目の詩集である。喧騒の中にしずけさを造り出して、詩に向かう読み手の誠実さに光があてられることは少ないが、その貴い時間を想う。さらには、これから生まれくる詩の朋たち、すべての背後で見つめる瞳にとって、この詩集の言葉が、小さな衝突を生む鉱石であれたなら。

なお一歩、力を、刻む強さを。そこから震えが起こるように。そう願って、前詩集の出版以降、書きつづけてきた。しばしば気づくと、私の作風〝らしきもの〟に抱きとめられていて、打ち破ろうともがく。その反復が書く動力になっている。一作、二作……、と尺取虫のように、ある時はふいに蝶のように。

もう一度、何度でも、かたちづくろうとしてくり返される営み。深い眠りから眠りへと渡りながらも、私にとってそのプロセスこそが、詩作に他ならない。破片の鋭いきらめき、闇の濃さに触れ得たことも、幸福でなくて何であろう。
詩は剝き身の言葉である。晒すことにはいつも勇気がいる。高鳴る胸を押さえて、息を整えて、今この詩集を謹んで手渡したい——、頁の合間合間から、色も香りも違う闇や光が洩れ出る、そんな書物に少しでも近づいていれば、と願いつつ。

二〇一五年　晩夏光の下で

颯木あやこ

颯木あやこ（さつき・あやこ）

旧西ドイツ・ベルリン生まれ
神奈川県在住
上智大学卒業
二〇〇九年　第八回詩と創造奨励賞受賞

詩集
『やさしい窓口』（土曜美術社出版販売・二〇〇九）
『うす青い器は傾く』（思潮社・二〇一二）

「歴程」「狼」「喜和堂」同人　日本現代詩人会会員

七番目《ななばんめ》の鉱石《こうせき》 seventh ore

著者
颯木《さつき》あやこ
発行者
小田久郎
発行所
株式会社思潮社
〒一六二―〇八四二 東京都新宿区市谷砂土原町三―十五
電話〇三（三二六七）八一五三（営業）・八一四一（編集）
ＦＡＸ〇三（三二六七）八一四二
印刷所
三報社印刷株式会社
製本所
株式会社川島製本所
発行日
二〇一五年八月三十日